ENTRE REFLEXO(E)S E SUBVERSO(E)S DE DENTRO

KOTTER EDITORIAL

PAULO CARDOSO JR.

Coordenação Editorial: Sálvio Nienkötter
Editor-Executivo: Daniel Osiecki
Editor-adjunto: Claudecir de Oliveira Rocha
Capa: Luiz Terra
Design editorial e ilustrações internas: Carlos Garcia Fernandes
Produção: Cristiane Nienkötter
Revisão e preparação de originais: O Autor

Dados Internacionais de Catalogação na Publicação (CIP)
Angelica Ilacqua CRB-8/7057

Cardoso Jr, Paulo
Entre reflexões e subversões : de dentro / Paulo Cardoso Jr. -- Curitiba : Kotter Editorial, 2023.
120 p.

ISBN 978-65-5361-223-5

1. Poesia brasileira I. Título

CDD B869.1

23-3538

Kotter Editorial Ltda.
Rua das Cerejeiras, 194
CEP: 82700-510 - Curitiba - PR
Tel. + 55(41) 3585-5161
www.kotter.com.br | contato@kotter.com.br

Feito o depósito legal
1ª Edição
2023

ENTRE REFLEXO(E)S E SUBVERSO(E)S

DE DENTRO

PAULO CARDOSO JR.

Aos críticos, crédulos "credores", relativos céticos e amantes.
Aos eternos liberto-confinados, como eu.
Aos pássaros, vida e cachorros.
A alguém, a ninguém,
Para ti e para mim.

"As convicções são cárceres"

"Não há fatos eternos, como não há verdades absolutas."

"Onde vocês veem coisas ideais, eu vejo coisas humanas, demasiado humanas."

Friederich Nietzsche

Sumário

A casa

Uma casa nova chamava a atenção do bairro
Com arquitetura diferente, uns amavam e outros tiravam sarro
Mas de forma incontestável, a beleza era impecável
Parecia tão perfeita, quase incólume do execrável.

Décadas se foram e notava-se um padrão de ostentação
Acumulavam tantas coisas que não havia tempo para manutenção
Os dias de sol criavam a falsa impressão de improvável mau-olhado
Chuvas ácidas e tempestades destruíram até o telhado galvanizado.

O que era de cair o queixo agora demonstrava um desleixo
Sem eixo, as colunas se abriram em desvios e rachaduras
Fechaduras sem chaves em portas podres com parcas molduras
Um lixo se impregnou com a recepção de pessoas sem canduras.

Fumaça fétida e putrefata se adentrou pela fresta da chaminé
Mesmo com fé, difícil de restaurar por tantos anos de atitude blasé
Ácaro, pó e mofo a tornaram em um grotesco "cafofo"
Sem muitas chances para um bom e respeitável estofo
E os carunchos, nos móveis imóveis, tornaram pior o estorvo.

As janelas sujas não permitiam enxergar o lado exterior
O que já fora excelsior agora era ré bemol maior, indo de mal a pior
Por fora pintaram, postaram fotos com caráter de metido
Mesmo polido com resina, o interior estava comprometido.

Quando tudo estava no ralo, de repente houve um estalo
A casa era você, do cume até o talo, um verdadeiro abalo
Na limpeza há esperança, e na esperança há limpeza
Com destreza e perseverança, enfim, você conseguiu a proeza
E a casa que estava condenada, retornou à sua natural beleza.

A criança dentro de mim

Quando criança, eu me sentia livre para pensar
Podia ser quem eu quisesse, sem ninguém me julgar.
No mundo da fantasia, traçava rabiscos na imaginação
E com ela criava duendes, fadas, cavaleiros e até bicho-papão
Meio "rueiro", torcia para ficar doente, para rodar o meu pião.

Na escolinha, gostava da tabuada e do ditado
E também da algazarra e de fingir ser dissimulado.
Junto com a Aninha e o Igor, do círculo de amigos
Sempre havia sintonia para armar uma artimanha
Mas não adiantava fazer manha, na hora dos castigos.

Ah, que fase gostosa! E quando era época de férias? Nossa!
Era bola, pega-pega, desenho, soneca e pipoca.
E ainda havia fôlego para travessuras com travesseiros
Tinha o dia inteiro para escolher como ser peralta
Além de tocar flauta e ver como minha pipa voava alta.

No Natal, minha ingenuidade me levava a crer no Papai Noel
Com o sorriso jovial, recebia o presente com uma crença fiel.
Olhava para o céu, procurando pelas renas ou pelo véu de luzes
Mas sempre via pessoas batendo às portas com capuzes.

O tempo foi passando e as escolhas foram mudando
E o adulto dentro de mim queria se esticar.
Mas a criança sempre pedia para mais tempo ficar
Pois ainda havia muitas aventuras para desfrutar.

Então a criança teve uma ideia genuína
De escrever uma carta para mim mesmo
Para abrir quando já estivesse na adulta rotina.

Confesso, foram anos de mistério
E quando abri, estava escrito:
Não seja tão sério
Nem tente construir um império.

Com afeto, dei-lhe mais tempo e não me arrependi
Pois vivi todos os ciclos corretos, exceto este em que estou.
A maturidade já está pronta para receber novas experiências
Trazendo suas cobranças e inevitáveis broncas
E eu, sem me dar conta, me perco na "pilha" de contas e pendências.

Ser adulto não é fácil, e ninguém disse que seria.
Mas confesso que bem gostaria de ter uma fonte da juventude
Para poder voltar a ser criança e nadar com saúde naquele açude.

Às vezes, a criança oculta cutuca o meu sério adulto
E o meu bruto obtuso retribui ao ser indefeso com um insulto.
Mas quando a saudade bate daquela risonha criança
Faço minhas antigas bobeiras e assim entro na dança.

Agora estou aqui, sentado na cadeira do velho, já idoso
Em minhas mãos enrugadas, seguro aquela carta
E penso em escrever outra, dizendo àquele peralta:
"Volte para ficar, e nunca mais parta
Traga seu sorriso bobo e despretensioso, que tanto me faz falta".

A mulher da montanha

Por décadas de uma época nada épica
Uma mulher misantropa de origem cética
Se isolou em sua montanha, sem cabana
Tentando se afastar de toda mente tacanha.

Nos nasceres e pores do sol
Ela escala até o "seu cume"
Para pousar os olhos sobre o cardume
De gente vivendo sob altas cargas de cortisol
Com seu binóculo de raios x dos princípios e costumes.
Às vezes, ela inala um peculiar cheiro de chorume
Saindo de certos imunes a valores e atitudes
Estão todos conservados em formol.

A figura da montanha é uma simples mulher
Não menos nem mais que outra qualquer.
Porém, detém um profundo caráter e sabedoria
Com autonomia do pensamento, sem tirania à revelia.

Ela reflete sobre os que estão lá embaixo, mas pensam que estão acima
Com a sina de descer do monte sem ver um horizonte
Pensa em ajudá-los sem ser contaminada pelas ludibriações e tentações
Pois a fonte brota de dentro para fora, e não de fora para dentro
Com pequenas ações talvez haja esperança ou até deferimento.

Já no chão, agora no nível do mar
Nota como o humano se moldou, com muito pesar
Chegou humildemente para explanar na central praça
Sobre as coisas da natureza, do ego e das crenças
Mas levaram com desavença e a taxaram de "palhaça".

Sob a perspectiva mundana, epistemológica e ontológica
Cada um usa uma lógica para entender cada canto, encanto e santo.
Entretanto, cada qual é engrenagem, movimentando esse gigante robô
E para desativar tal comando, não será ela a chave nem pivô
Tampouco a fúlgida fenda para atravessar ou seus olhos desvendar
Pior, quando se colocam à venda em detrimento de votos.

A mulher, então, desiste da sua grande família, e volta.
Retorna ao monte onde outros seres a avizinham
E testemunham tristes a falha tentativa, mas sem nenhuma revolta.

A outra viagem

É como se estivesse aqui e, ao mesmo tempo, atrás de mim
Como uma terceira pessoa analisando a primeira do início ao fim
Procurando o endereço de uma outra galáxia exógena do corpo
Uma experiência de morto-vivo via láctea-alucinógena.

Flutuando dentro de mim, passei pela canibal galáxia de Andrômeda
Com suas cores de secar os olhos, atravessei uma alameda
Ainda cego, quase quebrei-me em um meteoro de enfeite
Ao decidir voltar para a terrinha do caminho do leite.

Encontrei muito encalço de cálcio calcificado
Para ver os centauros orbitando o Netuno noturno
Para chegar antes de mil anos-luz, pensei em ligar o turbo
E pegar carona em um cometa alado.

Ao me distrair com um Quasar, dei azar e fiquei perdido
Acabei chegando em devaneios de uma nebulosa
Famosa por neblinar os pensamentos com atalhos, cheios de perigos
Mas com uma transmissão química,
Consegui limpá-los com uma supernova.

Acabei sendo jogado para perto de um buraco negro
Ao ser engolido, me deparei com o meu impossível inconsciente
Formado apenas por matéria escura que não interage com fulgor
E a vastidão da energia escura que se expande paulatinamente.

Depois de ter completado o meu tour mental
Volto o olhar para o meu eu meditacional
Adentro novamente no meu consciente
Nunca estive tão longe, nunca estive tão presente

A pena e a bigorna

A pena voa plena e serena
Leve e sutil, voando às margens do rio
Pequena, mas frágil de dar pena.

Já a bigorna, não orna
Com uma aparência bruta e pesada
Queria voar, mas cai, e a lágrima entorna
Mal sabe a beleza que a forja e a contorna.

Em condições justas, sem se preocupar com o físico
A física dá uma força para os dois amigos distantes.
Em contexto leve ou compacto, todos ficam no mútuo vácuo
E se os seus afetos não tiverem gravidades constantes
Caminham juntas, em um encontro lúdico e fatídico.

Dão à luz a diversidade sem necessitar do amor platônico
Por ora, a Luz serviu para unir o que jamais deveria dividir
E iluminar as ondas de esperança do seu irmão supersônico
Agora, as massas tomam um tônico ou elixir de consciência
E carregam aladas toda a leveza
A ponto de flutuar ou mudar de ares
E, sem pesares, formam pilares
De resistência às leis da obediência.

Não há mais acima ou abaixo
Nem o mais lento ou mais rápido
Nem o mais leve ou pesado
Nem moldes do futuro ou do passado
Só há formas livres e soltas
Só há forças pares e neutras
Só há pontas envoltas.

A pressão da redoma

Vivo em uma sufocante redoma
Quanto maior a pressão, pior o cérebro funciona
O extremismo tomou conta e vem à tona
Conservando tradições e podando a vontade autônoma.

Neste condomínio, onde quem domina são condes imaturos
Pelas classes e identidades, erguem-se muros
Cada passo é subjugado pela febre da intolerância
Faz como manda a cartilha, senão terá vacância
E as bolhas de ideias, que não param de pipocar
Estouram nas pontas afiadas da ignorância.

E em cada quarteirão aparece uma nova bolha
Nova em folha, mas sem escolha ou decisão.
Se estourar, entra o ar químico e viciado da redoma
E um efeito sedativo, de tontura e ecopatia, a toma.

Muitos tentam estilhaçá-la com gritos, à revelia
Mas cultistas e ritualistas jogam um encanto em seu manto
Com uma bandeira e uma prece para um cativo santo
Por ironia, deixam os presos de iras com mais manias.

Aceitação

Todas as fases da vida possuem influências magnéticas:
Um mundo de marcas, beleza, estética e curvas atléticas
Onde dentes brancos importam mais que uma reluzente ética.
Parece um tecido cultural sintético vestindo uma aura poética
Mas um tanto patética.

E o ímã trai e atrai para entrar no seleto grupo dos "colocados":
Os ideais cosméticos e supérfluos do perfeito
Para gabaritados e abastados,
Remete à um frenesi imensurável até para o menos vulnerável
Mas para tal, é preciso se comportar
Da forma que é "sociavelmente aceitável".

Roupas, palavras, gestos e gostos
Precisam estar bem dispostos para não serem expostos.
Precisam estar dentro das redomas e círculos
Aguentando todos os cúmulos para se manterem no ângulo.

A pressão por aceitação sufoca e sufoca
A moda dita regra que foca na "dondoca"
E nessa roda quem não se esforça, se desloca ou se enforca
Pois a chacota e o menosprezo alimentam a fofoca.

Por fim, se torna um escravo da aparência
Muitas vezes no cartão, sem tostão, vira inadimplência,
Mais duas horas na esteira para tirar saliências, sem clemência
Procurando uma tendência de reputação ilibada, sem pendência.

A frustração, a vergonha e a inferioridade condenam à tristeza
A ira e a inveja condenam no outro, o grau de pureza,
Por dentro dessa "felicidade plástica" não há muita beleza
E é difícil romper a bolha e nadar contra a correnteza.

Agápi

Queria ter aprendido a amar diferente
Ter me redimido do meu egoísmo
Daquele amor canibal, doente
Mergulhado na cegueira do sofismo.

Queria ter convidado o amor sem ter me despedido do bom senso
Quisera ter entendido o seu significado ambíguo
Sem jogar meu brio nas chamas ou no frio.

Queria ter a balança de exata precisão entre a razão e o impulso
Queria ter pulso para não matematizar tudo
E nem pular no fundo poço do absurdo,
Pois às vezes, a calculadora se quebra

Ofertando a minha alma numa bandeja
O meu corpo começa a provocar autofagia
Pior do que percevejos ou brotoejas
Até dar de cara com a sarjeta das desilusões manetas e obsoletas.

Ou então, a calculadora dispara em números, objetos e fugas,
Ou seja, uma couraça sem alma de um sanguessuga
Que almeja interesses próprios com o coração sujo.

Queria ter as puras tintas para pintar o significado do amor
Sem deixar dúbias estrias pelo excesso de solvente
E depois, vender para um proponente sem precisar de um fiador:
O preço justo?
A correta interpretação da obra já paga o seu custo.

Mas como todos os sentimentos, o amor não é diferente,
Eles vagam, sonâmbulos, entre o consciente e o inconsciente
Entre o quase concreto e o inconsistente,
Passam pelas emoções de receber um choque ou uma carícia
E se filtram em um mar refratário de deliciosa malícia.

Então, amor,
Seja lá o que você for
Estarei ao seu dispor
Desde que não seja disfarçado de rancor,
De temor, de dor ou de falso valor.
Seja você mesmo,
Abstrato.

Ansiedade

Oh, minha querida ansiedade
Que me acompanha em muitos momentos,
Que aparece inoportuna, nos principais eventos
Impondo a sua mais desconfortável maldade.

Não adianta ter um bom processador e uma "memória de elefante"
Se os dados estão *hackeados* e todos os arquivos estão com vírus.
Com o tempo, o computador superaquece, fica lento e redundante,
Acaba dando curto circuito, sem processamentos oblíquos
Dando *tilt* sem requisitos protetivos para os riscos.

Em minha testa, o que era goteira virou cachoeira,
Na garganta, a secura aperta a cada pá de areia.
Seguro o microfone como se fosse um liquidificador
Sentindo um bloco de cimento em cima do peito, tamanha a dor.

Subitamente, o sangue sobe
E minha pele vai do pálido gelo ao vermelho Borgonha
Como se o Drácula não tivesse gostado do sangue
E o cuspisse de qualquer jeito.
A fala de vitrola quebrada ou disco arranhado
Apenas piora a camuflada vergonha
Enquanto a plateia espera,
Observando os meus trejeitos com cuidado.

Perna de britadeira, dedos sem unhas e tiques com *tag* de toques
Já a visão, parece que colocaram uma cortina preta na primeira fileira,
Mesmo com o corpo e a mente tomados de desespero,
Tento não "dar bandeira"
Já que o discurso está sob o enfoque do meu comportamento quase em choque.

Ah, ansiedade! Sempre ao meu lado, nunca me decepciona
Mesmo vindo à tona, eu a abraço como minha mãezona,
Mas parece que quando a aceito, você foge...
Vá e volte sem neuroses, mas não me amole
Tchau, ansiedade!

As partes do todo

Do átomo à matéria,
Do grão à Terra,
Do *DNA* à bactéria,
Do ponto à reta.

Os vasos sanguíneos se ramificam como raízes
Os neurônios relampejam em cicatrizes de teias cósmicas
E os pulmões criam galhos em formatos de placentas
Quem amamenta?
E este aglomerado de galáxias que deságuam em sistemas fluviais
Parecidos ou iguais?

Do gomo à bergamota,
Do ciclo ao ciclo,
Da semente ao bioma,
Da divisão à soma.

É como se alguém achasse o todo
E o fracionasse em partes infinitamente milimétricas,
Não seríamos nem o farelo ou aroma desse bolo.
Já o gás ou o fermento, deixa a questão mais tétrica
Este jogo de Tetris infinito nunca perderá a graça.
E que tolo acharia o todo
Estando dentro dele?

Da casa à cidade,
Da cidade ao estado,
Do estado ao país,
Do país ao continente.

Vida, que carrega vida, que carrega vida,

Conjunto, dentro do conjunto, dentro do conjunto.
Cada peça orbita perto do seu encaixe
E cada completo quebra-cabeça
É apenas uma peça de outro quebra-cabeça.

Das cores ao branco,
Das crenças aos santos,
Da gota ao oceano,
Das moedas ao banco.

Algumas dessas peças estão alinhadas
Em espirais de fractais,
Outras estão cruzadas ou paralelas
Como uma fileira de dominó.
Se uma brisa soprar, caos
Com nós sinergéticos e energéticos

Da energia ao Big Bang,
Da palavra ao vocábulo,
Da singularidade ao universo,
Do tempo ao oráculo.

Nesse quebra-cabeça biológico e cosmológico
Nunca enxergaremos de forma holística,
Nunca o veremos, completo e lógico,
Pois a lógica de todo o todo
É somente para o todo
Interligado.

Cigarro

Logo que acordo, sentado na varanda
Levo entre os dedos, um tubo cilíndrico
Acompanhado do café, seu maior amigo.
Prefiro os mais finos, não com muitos filtros,
De marca branda e capa branca.

Eis o meu cigarro de cada manhã!
Amacio sua ponta com os lábios
Para deixá-lo mais confortável.
"Taco" fogo nas palhas
Trago e já sinto um sábio pigarro,
Dando mensagem de falha
Mas nada muito desagradável.

Noto que minha boca já virou um ímã
Ávida e ladina
Em seu papel de anfitriã,
Ao receber sua ilustre convidada: a Nicotina.
Nunca sozinha, vem acompanhada amiúde
Com mil e uma cancerígenas toxinas
Fazendo uma faxina na minha saúde
Um escambo por sua companhia.

Mas sigo, com o cigarro
Sem fazer bico.
Para soltar parte da fumaça
Entalada de estresse e brasa
E segurar o instante de alívio,
O sumiço do empecilho, do embrulho
Surgido a cada carburada.

A chama que vejo na ponta do cigarro
Só acende mais o desejo do hábito,
Um hábito que me habita no tédio
De fumar, fixar o olhar e procrastinar.
É mais uma relação dicotômica de amor e ódio,
Uma relação mútua de consumo
Das cinzas pelas futuras cinzas.

Constrangimento

Afundo a cabeça no buraco,
Um buraco com um fundo obscuro
Cheio de um arrependimento opaco,
Desejando que minha mente, este túnel inseguro
Estivesse em um vácuo.

Reprimo diariamente a mim mesmo
E ando a esmo, lembrando dos meus males feitos,
De tantos momentos de constrangimentos,
De tantas sombras acompanhando meus passos.
Então me embaraço no frio passado de balaços,
Pela escassez dos que me estenderam os braços
Diante de tantos fracassos.

Eu me envergonho quando estou na luz,
Mas quando fico no escuro
Os pesadelos vêm com os murmúrios
Das vítimas e famílias que coloquei na cruz.
Nunca quis ser puro,
Mas sempre quis ter futuro
Sem um muro dentro e fora deste capuz.

Eu me constranjo dos anjos que levei ao "céu"
E até daqueles que me deram chapéu,
Violei a prudência com violência,
Alguns aleatórios, outros só mandei para o ambulatório.

Estuprei, roubei, matei e caçoei
Em troca de dinheiro e território.
Hoje, eu me constranjo no mictório
E sei que me constrangerei até no meu velório,
Sem mausoléu.

Estou solto,
Nunca paguei por apagar vidas.
Em vez de carregar o peso preso nos pés
Carrego um prego fixado na culpa,
Uma multa eterna com juros pela mora,
É o preço que a consciência tem, em contrapartida.
Agora estou no purgatório
De onde nunca mais olharei para fora.

Hoje peço esmola para a morte
Para me conceder a sorte
De viver n'outro inferno.

Contemplação

Contemple os sabores dos doces cafés pela manhã,
Dos amores e sorrisos das nossas mães e irmãs.
Contemple a beleza e os aromas das flores,
Os prazeres do tato,
Como um abraço trocado,
Sem pudores, apenas contemple.

Contemple a beleza da mixagem de cores
Dos pavões, arco-íris e camaleões.
Contemple a harmonia dos voos dos pássaros,
Do bater de asas de uma borboleta,
Ou das sincronizações das revoadas,
Que são raras como a sua leveza discreta.

Contemple os formatos das nuvens no céu,
As estrelas que deixaram largadas ao léu,
As suaves curvas das dunas de um deserto,
A calmaria do azul profundo de um mar aberto
Ou a fúria das suas ondas contra as rochas.
Nessas horas, queria ser um ilhéu!

Contemple a maciez da pele de um pêssego,
A leve brisa do crepúsculo em seus cabelos,
A crocância ao pisar nas folhas secas do outono.
Como estourar plástico bolha sem limites,
Como levar à língua os primeiros chips
Que derretem na boca como carbono.
Contemple o silêncio de forma ávida,
A harmonia dramática de uma música clássica,
A melodia ácida de um rock que satisfaça seu gosto.
A chuva caindo ou o calor do sol em seu rosto,

O ardor do sexo até chegar em seu gozo,
Contemple as peles cálidas da vida.

Contemple a reunião entre entes queridos,
O cachorro abanando o rabo ou o gato encostado.
O cultivo de amigos tomando um vinho barato,
A reação boquiaberta de um inusitado ato,
O resultado de um esforço despendido
E a sensação de cansaço após ter se exercitado.

Contemple as coisas pequenas e singelas,
As folhas verdes ficando amarelas.
O ar entrando eu seu peito como bexiga de gás hélio,
A celebração após um acirrado e ferrenho prélio,
O contágio de uma gargalhada gostosa,
Uma companhia, um filme e uma pipoca.

Contemple ao seu redor ou seu ambiente,
O seu exílio ou templo latente e transparente.
As portas da sua mente e do seu consciente,
A sua meditação até o transcendente
Que não olha para trás ou para a frente,
E vê apenas o presente.

Contemple o simples.

Desorientado

Hoje, acordei
Acordei, porém, não tão acordado
Desorientado da realidade
Contrastado com a perversidade
Caracterizado de humanidade
E sua desumana ambiguidade
Fragmentado de complexidade

Pois humano é mundano
Andando e analisando
Pensando, errando, acertando
Criando e devastando
Desbravando e lucrando.

"Prosperando" para o presente
Erroneamente persistente
Mente descaradamente
Ambivalente, polivalente
Egoísta ou benevolente
Insolentemente incoerente
Desorientado, infelizmente.

O humano é falho, regride
Persiste, transgride e progride
Vide seu passado conflituoso
Impetuoso e tempestuoso
Afetuoso e respeitoso
Amistoso e ambicioso
Generoso e vaidoso.

Dual, trivial e desigual
Crucial para o cenário
Mercenário e sanguinário
Reacionário ou revolucionário
Milionário ou funcionário
Ordinário ou visionário
Sim, ele não é binário
Mas relativo e ativo
Reativo e hiperativo
Criativo e atrativo
Acumulativo e degenerativo
Porém, também cativo.

Somos nós, humanos
Que vivem anos sendo tiranos
Levianos e mundanos
Que no mundo provocam danos
Desde egípcios e romanos
Entre gregos e troianos
Democratas e republicanos
Até os turcos otomanos.

Profanos e insanos
Pensamos e amamos
Desorientados.

Destino

Milhares de bolas de todos os tipos,
Cores, tamanhos, materiais e fragilidades,
Alguns com estereótipos polidos
Outros com formatos exauridos,
Para uns, apenas peculiaridades.

Colocados em diferentes círculos
Os polidos auspiciosos, lisos, sem ângulos,
Exauridos em ásperos com obstáculos.
Cada bola tem um ímã com maior ou menor atração
Algumas se consideram irmãs, outras com magnética polarização.

As bolas percorrem caminhos diferentes:
Nos obstáculos, umas quicam, outra furam,
As que perduram, entre si, se chocam
E o aleatório se faz presente com probabilidade
Sem tantas adversidades para os irreverentes.

A cada ação, uma reação!
A cada batida, uma relação
E consequências transcorrem para a próxima geração
Mas com o problema da indução, ficam na dedução.
Aos tipos polidos, há mais benesses e vantagens,
Aos destemidos, tentam sair da condição:
Quicam com coragem para outro círculo, mas há barragens.

Carma e destino ou coincidência e casualidade?
Essa correlação não implica em causalidade,
No labirinto fortuito da vida, ninguém sabe a sentença.
Uma simples brisa pode provocar um tornado caótico,
Castelos de areia e cartas desmoronam pelo fato simbiótico.

A vida é um jogo de xadrez estratégico
Como deduzir qual será a próxima jogada?
Ou é efeito cascata metabólico, sinérgico e lisérgico
Como uma fileira de dominós ou comportamento de manada?

Fica o existencialismo em constante luta com o determinismo?
E a causalidade tenta dar uma rasteira na autenticidade?
Por experiência, a existência precede a essência?
Como ser atômico, ainda é possível uma catarse por "providência".

Destino? Acho que não.

estocástico

GUERRA
AMOR
LIVRE
PRESO
VIOLÊNCIA
PAZ
Carlos
2022

Dia a dia

Banho, mamadeira, fralda, berço,
Chupeta, mamadeira, berço.
Banho, leite, escolinha, desenho, almoço,
Lição, brincadeiras, banho, jantar, cama.
Banho, café, colégio, amigos,
Almoço, lição, jantar, cama.
Banho, café, estágio, almoço,
Namoro, faculdade, cerveja, cama.
Banho, café, trânsito, trabalho, almoço,
Trabalho, trânsito, jantar, cama.
Banho, café, fraldas, escolinha, trabalho,
Almoço, contas, trabalho, escolinha, jantar, cama.
Banho, café, colégio, contas, trabalho,
Almoço, trabalho, trabalho, cama.
Banho, café, descanso, filme, almoço,
Baralho, descanso, jantar, cama.
Banho, leite, fralda, dominó, almoço,
Banho de sol, conversa, jantar, cama.

Diagnóstico

Por que vives em carne viva, sem sal
Deixando as moscas pousarem
Em todo o teu lixo remexido?
Por que ainda te cutucas?
Por que ainda se consome?
Fará mal para a digestão da paz
Especialmente olhando para o céu
De barriga para baixo.

Tu bates e bates nesta mesma tecla
Sem perceber que está quebrada!
Tocas sem dó de si mesmo e ainda queres aplausos?
Não contrates mais as diaristas
Para fazer todo o teu sujo trabalho.
Não haverá química, física ou biologia para te ajudar
Nem eternos *check-ups*, tomografias ou raios x, y, z.

Se não revirares as tuas eternas pupilas para a nuca
E tua pele para dentro,
Se não deixares todas as tuas íntimas
E estranhas entranhas expostas,
À mostra em tua própria galeria,
Se não sentares e avaliares criticamente
O que presta e o que não presta neste teu déjà-vu
Nunca deixarás de cavar a tua própria cova.

Não há prognóstico sem diagnóstico.

Diferente

Sentado sob uma árvore centenária
Vejo o meu corpo querendo expurgar a minha alma
Assim como uma folha que se solta do "carma",
De viver presa a um dilema como uma sarna
De fazer parte de uma raiz precária,
Não! Prefiro voar de maneira arbitrária.

Há muitos anos que o estio foi embora
O ar esfria e contagia sem auroras de outrora.
Ali, sentado ao pé da mata já morta de solidão
Eu me camuflo, em um ambiente padrão.

Ali eu me recordo mais das costas do que dos peitos
Dos singelos farelos das almas amarelas de quem tinha respeito,
Então me inclino e me declino sobre o meu destino
E ao olhar para a imensidão de estrelas ainda lá em cima
Achava que era uma delas, mas sou uma das caídas,
Que nem estrela é, apesar de me achar um astro
Mas na verdade, não emito luz, e sim um rastro
De radioatividade.

Então viro de bruços, e me deparo com a terra
Não sei se vim dali ou de algo que só erra.
Não sei quem sou, se sou clamor ou terror,
Apenas porque sou diferente, talvez um tudo de nada
Como uma matéria escura que se perpetua
Pelo invisível ou imaginário mundo da lua,
Quando, na verdade, preferia ser a energia escura
Que aceleraria a expansão do meu universo
E me permitiria deixar de ser tão diverso.

Seria eu uma criação, uma criatura ou um criador?
Um criador da minha criatura?
Seria eu um niilista, fundamentalista ou amor e dor?
Teria eu todos esses atributos sem ser mesmo eu?
Seria um mito, uma prisão, o cosmos ou um deus?

Dualidades

Lados opostos que divergem
E há pensamentos que emergem
Confusões entre medo e a coragem
Eis então que o chamam de duas caras
Uma forma de contrabalancear os chacras
Desta vez não é como o baile de máscaras
Entre pesos e contrapesos ao extremo
Com uma visão daltônica do epítemo
Como no yin-yang de vigor supremo
Como as energias dos prótons e elétrons
Que, por fim, se estabilizam pelos nêutrons
Dualidades que unem contradições de facetas
Entre olores, bálsamos e odores fétidos de sarjeta
Há flores que nascem dos dois polos
O redutível interage nos mesmos solos
Para alimentar um consenso comum
Entre o físico e o mental em jejum
O binário relativo à matéria e energia
Mutualísticos e equânimes em sinergia?
São apenas pontos de equilíbrio instável
Que distorcem uma realidade vulnerável

Ego

!
Ego
Cego
Não nego
Eu me entrego
E então sossego
No entanto, eu arrego
Eu por "nós", eu segrego
Com estranheza, eu carrego
Eu me firmo, como um prego
Para que então evolua o superego
Valores, moral e conduta, eu agrego
Como irmãos da comunidade, congrego
Mas com o tempo começo a sentir um ardor
E com o umbigo, penso, viro prevaricador
Viro bajulador, articulador e predador
Procuro brechas num ato usurpador
Ganho forças e me torno ditador
De pacificador para inquisidor
O ismo entra no ego amador
Não há mais o esplendor
Nesse tom aliciador
Acho desolador
Com amor
A dor
Id
!

Escolhas

Falo porque não quero ouvir
Ouço porque não quero ver
Vejo porque não quero falar.

Calo porque não quero sorrir
Torço porque não quero crer
Almejo porque não quero sonhar.

"Ralo" porque não quero mentir
Forço porque não quero ter
Beijo porque não quero amar.

Inalo porque não quero expelir
Reforço porque não quero desenvolver
Prevejo porque não quero estudar.

Badalo porque não quero interagir
Distorço porque não quero discorrer
Cortejo porque não quero namorar.

Entalo porque não quero sair
Disfarço porque não quero constranger
Protejo porque não quero lutar.

Abalo porque não quero dissuadir
Esboço porque não quero descrever
Gracejo porque não quero chorar.

Acasalo porque não quero fluir
Esforço porque não quero transcender
Emerjo porque não quero ornar.

Esperança

Janeiro, caí
Fevereiro, chorei
Março, ergui
Abril, melhorei
Maio, sorri
Junho, desabei
Julho, agi
Agosto, enfrentei
Setembro, recaí
Outubro, machuquei
Novembro, ressurgi
Dezembro, esperancei.

Estoicismo

Embora ressalvas devam ser dadas
Aos conceitos definidos como absolutos
E a uma lógica ordenada e ilibada dos cosmos e logos,
O estoicismo tem atributos que podem dar frutos aos moribundos.

O estoico,
Como eterno aprendiz em construção,
Com um eterno giz em uma mão
Faz do mundo o seu laboratório diurno
E observatório noturno.

Ao observar os flagelos e vícios mundanos
Nota que há coisas que não têm como mudar,
Tenta absorver aquilo que possa utilizar
E expelir pensamentos tiranos, tacanhos e insanos.

Ao olhar-se para o futuro
Depara-se com a ansiedade e o cansaço.
Ao refletir o passado,
Sente-se depressivo em um quarto escuro.

Diante de tanta agonia e sofrimento
Busca superar-se desse social movimento
Vivendo o real momento
Com equilíbrio e discernimento.

Enquanto muitos buscam a maximização das coisas
Outros não se açoitam por posses e mansões,
Viram minimalistas de tatos e maximalistas de atos
E buscam as necessidades precisas e concisas
Desviando-se de falsas paixões.

Então fazem de si um ser consciente
Tornam-se resilientes perante as adversidades
Até a alma ficar leve como pluma
E preciosa como a chuva,
Uma verdadeira ataraxia
Sem complexas questões e manias.

Apesar de tudo,
Apesar da liberdade limitada
O humano não é passivo do determinismo
Ou fica à mercê completamente dos frutos de causalidade.
Então, seja o elétron do átomo
Sem casos fortuitos ou de achismos
Seja você, um agente de autenticidade.

Eu escrevo e escrevo

Escrevo e escrevo, escrevo sem parar
Escrevo por escrever, escrevo para me calar
Escrevo o que calhar, escrevo para me cansar
Escrevo sem ponto, pois escrevo sem terminar...

Escrevo para me procurar, sem nunca me achar
Escrevo para lembrar que posso me esquecer
Escrevo para esquecer o que não quero mais lembrar
Escrevo para reescrever o que irei apagar.

Escrevo frente e verso, e verso o incoerente
Escrevo para intrigar o que se passa com a gente
Escrevo para me indignar com meu eu intransigente
Escrevo para poder amar a convergência do divergente.

Escrevo palavras e rabiscos, onde há risos e chuviscos
Escrevo para interagir e fazer novos amigos
Escrevo para contradizer o que nunca lerei
Escrevo para entender onde foi que eu errei.

Escrevo, escrevo, escrevo e escrevo
Subscrevo, transcrevo, reescrevo e prescrevo
Descrevo o que vejo e o que mais me atrevo
Escrevo tanto que a página faz relevo.

Escrevo o que penso e escrevo sem pensar
Escrevo e escrevo até toda a tinta acabar
Escrevo até adormecer ou a última gota secar
Escrevo e escrevo até a imaginação falhar.

Não sou o que escrevo
Tampouco serei
Pois diante das palmas ou da crítica
Eu hei de ser os dois
Em um constante vai e fica.

Quando escrevo, vomito
Expilo tudo que precisei ter sentido
Na pele, no coito, no grito.

Eu interior

No âmago do meu interior
Cavo os meus pensamentos,
Desenterro as mais raras lembranças
E cravo os meus tristes pesadelos.

Lá, eu puxo arquivo por arquivo
Em milhares de gavetas que preciso remexer,
Desde os públicos até os ultrassecretos
E descubro que em mim, há outros "eus".

Os "eus" do passado, na minha mudança contínua,
Os "eus" que quero apagar,
Os "eus" que quero esconder,
Refletem o meu eu do presente.

E quando eu quase caía no abismo
O meu outro "eu" segurava a minha mão
E quando eu me exaltava, prestes a fazer besteira,
O meu outro eu me dizia: "onde você guarda seus segredos
Para andar com a cara tão lavada desse jeito?
Vai com calma, cara!"

Ainda no interior, haviam dias chuvosos e cinzentos
Mas também haviam dias azuis, limpos e com sol,
Iluminando aqueles pensamentos empoeirados
E esquentando os melhores sentimentos acalorados.

Depois de revisar todos os arquivos
Abri o computador e percebi que há muito mais memória,
Uma novela, um filme, uma história,
Virtudes sem necessidade de glória
E as lições dos erros dessa trajetória.

E lá no fundo, eis que acho a caixa preta!
Quando abro, percebo que o interior é bem colorido
E que no resumo da vida, era mais florido que dolorido.

Felicidade

Felicidade é um fragmento de saciedade e completude
Repleto de momentos, como pipa sem linha, ao vento.
Em excesso, sua busca compromete a saúde
Pois este encobre o discernimento entre o pleno e o sedento.

Felicidade é como os micropontos de uma linha torta
Ou o cultivo de uma pequena horta
Que proporciona sensações palatáveis e degustativas
Das mais sensoriais e subjetivas.

Felicidade pode vir embrulhada em sorrisos e abraços
Mas também pode vir disfarçada de ricos narcisos, sem laços.
Na verdade, esta última nada autêntica, mas quem sou eu para julgar?
Contudo, avisos posso dar, se alguns preferem possuir do que amar.

Nessas horas, os melhores amigos são a alma e a mente
Que podem transmitir vibrações para outros corpos carentes,
E daí amigos e entes brotam como frutos que já foram sementes.

São as várias felicidades que compõem uma sã felicidade,
Em uma virtuosa e pigmentosa vida de prazeres e adversidades,
Pois não há como ser feliz a cada instante.
Tentar ser feliz o tempo todo seria algo bem tolo,
Pois cada momento traz em si o inconstante
Diante de um círculo que aparenta ser redundante.

Para uma maior qualidade de felicidade, é preciso cavar fundo,
Mas não em demasia a ponto de se perder e ficar "imundo"
Nem tão superficial, supondo que queira ela crua e fria.
Pondo-se no lugar da felicidade, ela estará no ponto certo,
Se cavar de forma leve, poderá achar a magia de um portal aberto.

Ao mesmo tempo que pode ser digna esta procura,
Em excesso, ela pode acabar virando uma tortura
Pois pode tornar-se doença, dor e sofrimento.
Não que sejam ruins tais adventos,
Pois eles reequilibram os eixos para o momento
E também a qualidade dos pensamentos.

E em uma simples interpretação dos sentidos de uma vida bela
Mesmo diante de todas as feras soltas e presas, e de cada mazela
Com os binóculos de claras, risonhas e frugais esferas
É possível achar uma indefesa felicidade sincera,
Que, com muito carinho e cautela, aguarda discreta
Por eras, ser descoberta.

Flagelação psicológica

Entre as barras e chibatas
A mente se estagna no *establishment,*
E nela cria-se um vácuo sem erratas
Que transmite inconsequentes atos
Devido a condições empíricas quadradas.

Há situações em que os três macacos sábios
Podem ser confundidos com macacos batendo pratos
Seguindo uma fila de dúbios terceiros alheios
Tropeçando em nós cegos feitos nos cadarços.

Onde está o real sofrimento,
Dentro ou fora?
No neuroengessamento
Ou na neuroplasticidade que aflora?

Sem resposta, há gatilhos nos anexos,
Como a eterna submissão em acatar e ajoelhar,
Beber para esquecer pode até aliviar
Como também comer quilos ou fazer sexo.

Também há o gatilho do saber,
Do saber e do sem saber o que fazer,
Como ter mãos atadas para o sentido
Pois parece um emaranhado de fios coloridos.

Mas no silêncio pode vir uma solução,
Uma revolução entre o criador e a criatura,
Uma junção entre o pensamento e o pensador.
Não é fácil achar a saída em uma pequena rachadura
Mas se encontrar, poderá ser uma cura para esta dor.

Formas dos sentimentos

Em relacionamentos sólidos, nem com pregos há furos,
Amizade, afeto e fraternidade, nada derruba estes muros,
Eu ajudo, mesmo em apuros! Estes são os portos seguros.
É certo e duradouro, mas o tempo traz o seu agouro.

O que ser ou pensar,
Se daqui a um minuto tudo pode mudar?
Bem-vindo ao ostracismo contemporâneo
Onde o novo já nasce falecido
Depois de um suspiro momentâneo.

Aos poucos, começaram a surgir mudanças,
Da estabilidade e da rigidez, só ficaram as lembranças.
A volatilidade tomou conta do ar, nada é tateável
E se alastra como uma praga intratável.

O tijolo ficou plastificado e o natural virou superficial.
Promessas, cumplicidade e confiança escorrem pelas mãos
Como uma gelatina feita com pó artificial.

Trabalho, consumo, ostentação e falta de tempo!
Todo mundo é feliz, mesmo que por um momento.

Nada é espontâneo, tudo é calculado,
Todos os sentimentos viram um emaranhado
Nele, os graus de pureza deterioram os seus valores
E se enferrujam sem mais fulgores de verdadeiros amores.

Conversas e abraços se derretem, sem ter fluidos,
As aparências tomam contam e os sentimentos ficam líquidos
E todos mergulham ansiosamente em um mar de "mas".

E a solução aquosa já não soluciona mais,
Pois nadamos nesse mar morto sem sair do lugar
Esperando achar pontas de *icebergs* como bote salva-vidas,
Como um albergue, um abrigo,
Com receio de virar isca de tubarões travestidos de golfinhos.

Em um futuro não distante, a velocidade será menos constante.
Em um instante, os conceitos se perderão pelo ar,
Os sentimentos se incandescerão, evaporarão como gás
E ficaremos desidratados de singelos e verdadeiros afetos,
Insanos para achar o grau perfeito e condensar um beijo
No entanto, o resquício do quase concreto quase nunca desaparece
Está lá no ar, seco, disperso, pronto para catalisar um aroma de essência.
Nem tudo é o que parece e, com o tempo, tudo se esclarece.

Fracasso

Sempre grudei em bocas ocas
Nunca consegui a ilusão do mérito
É como se os ventos soprassem contra mim
E tivessem efeito deletério

Cansado de ser eu mesmo
Cansado de me ver no espelho
Cansado de ser comparado à maioria
Cansado de tentar copiar a minoria
Cansado de me cansar com o cansaço.

Poderia culpar o azar pelo fracasso
Poderia culpar o mundo pelo fiasco
Poderia culpar a pedra pelo rasgo
Poderia culpar o tempo pelo atraso.

Seria eu um eterno crítico das coisas que me rodeiam?
Seria eu um moderno cínico dos futuros que não aconteceram?
Seria eu um subalterno mímico dos murros que já me deram?
Seria eu um inferno típico dos demônios que me atormentam?

E o que seria de minha responsabilidade?
Será que meu cuspe não teria gravidade?
Eu não seria fruto do meu "governo"?
Sem meio-termo: patético ou enfermo.

Se os fracassos e erros crassos
Fossem apenas culpa dos acasos
Eu não teria vida, nem autonomia:
Seria um parasita!

E o que seria um fracasso?
Às vezes, você nem teve algum,
Apenas pensa que é mais um
Por não ter feito um desjejum
Do senso comum.

Pare de inventar o fracasso!
O que seria de mim se não fosse eu?
Viro acionário majoritário do meu eu,
Tomo corpo do meu corpo
E já não escalo, nem caio.
O fracasso fracassou na tentativa
De eu ser um fracassado.

Mais uma desconstrução
Dos sacos dos "significados".

Fragmentário

Eu, aqui, convivendo com a solidão
Em uma espiral de pensamentos,
Em um emaranhado de sentimentos
Na escuridão exterior, procuro a razão.

No interior, ainda com a vela acesa
Divago em minhas ideias, mesmo no deserto
E encontro uma cidade povoada de "eus",
Mas nem todos eles são tão meus.

Uma cidade cortada por um rio chamado ego.
Qual lado é o menos cego?
O que contém a parte gnóstica, caótica e apática
Sem métodos socráticos, apenas senhores da verdade,
Ou o da parte mais lúdica, utópica e empática,
Este arde em paz e reciprocidade?
Não sei!

Pois às vezes eu me descolo de mim com amor e dor
Adentro, numa mesa do centro, e encontro um mercador
Muito aberto e solicito, e então o indago sobre a cidade.
Conversa de pescador? Embora pareça, ele me explica
Com proatividade, detalhando os ilustres personagens.

O professor, o artista, o doador e o egoísta,
O tímido, o extrovertido, o oprimido, o contido,
O sociável, o agradável, o revolucionário, o funcionário...
Também o realista, o impulsivo e o pessimista
Que vive esmurrando o idealista, estratégico e otimista,
O feliz, o triste, o amargo, o doce e o azedo,
Eram tantos cidadãos diferentes que me deu medo.

Então me despeço, sigo andando e vejo um conflito,
Aflito, separo o delito e reflito quem está envolvido.
O fofoqueiro me diz que um é o "confiante" e, o outro, o "atrevido".
Mais à frente, vejo o empático ajudando o desprovido,
Engraçado que, a todos eles, dou ouvidos.

No parque há uma festa celebrada pelos felizes
Na esquina há o "resiliente" reforçando a moral do "fracassado"
E na feira me deparo com o estressado, o calmo e o carinhoso.

Por fim, na última rua, vejo o amoroso e o esperançoso,
E me despeço da cidade com um ar vigoroso e valoroso.
Pois nesse choque de "eus", sei que não estou solitário
E quando me sentir só, volto na cidade de caráter fragmentário.

Guardados e descartados

Não guarde sonhos acordados
Não guarde cheiros de guardados
Não guarde abraços esfarelados
Não guarde amassos desamassados.

Não guarde calos duros e mudos
Não guarde dados sem números
Não guarde talos picotados
Não guarde ralos putrefatos.

Não guarde sorrisos amarelos
Não guarde elos submissos
Não guarde sumiços paralelos
Não guarde singelos compromissos.

Guarde arrepios de brios
Guarde fios de elogios
Guarde rios de princípios
Guarde resquícios de desafios.

Guarde macias lembranças
Guarde bacias de bonanças
Guarde utopias de esperanças
Guarde alegrias das mudanças

Guarde pinturas de momentos
Guarde ranhuras de acalentos
Guarde misturas de cata-ventos
Guarde escrituras de sentimentos
Guarde gorduras de complementos.

Herança

Árvore-mãe, em seu mal cruzamento, enraizou seus veios tortos,
E ainda que haja frutos de uma herança sem esperança
Semeados com tratos secos, ogros e brutos
Um dia serão cortados por uma afiada lança.

Já que mal sabe fazer fotossíntese, como irrigaria os seus verdinhos
Sem perceber os cupins que adentraram com vícios de atitudes.
Os troncos, aos poucos, se tornaram ocos, vazios e sem mobílias
E os espinhos apareceram como proteção de suas bastilhas.

Águas já passadas, secaram,
Mas formaram ondas que se quebraram nos galhos,
As feridas, antes abertas, já cicatrizaram,
Mas dispararam gatilhos de dor dos atos falhos.
No entanto, com o tempo, perceberam que o externo
É tão importante quanto o interno,
Quebraram as correntes das possíveis sentenças
E crenças que afrontavam os fraternos.

E logo esses frutos se tornaram árvores-mães
Que também tiveram seus frutos.
Estes últimos, desta vez, desenraizados e livres,
Irrigados e com fotossíntese
Tornaram suas vidas mais simples,
Sem cargas e encargos de mimeses
E a lança, lançada pela mãe que também se cortou,
Enferrujou no tronco dos xucros.

Ilusões

O que quero não é o que tenho
O que tenho não é o que gosto
O que gosto não é o que posso
O que posso não é o que devo
O que devo não é o que faço
O que faço não é o que sou
O que sou não é o que quero.

O que tenho? O que gosto?
O que posso? O que devo?
O que faço? O que sou?
O que quero? Ilusões.

VERDADE
2022

Imperfeição

Imagine se tudo fosse imperfeito?
Se todos os traços, atos, feitos e abraços
Fossem imperfeitos?
Seria um saco trágico e chato.

Imagine se em nossa mente
Enxergássemos apenas casas por fazer,
Cores daltônicas ou cinzentas do arco-íris,
Borboletas com apenas uma asa,
Genes que quisessem sua desgraça
E a música e a arte perdessem a graça.

Imagine se as ruas fossem todas retas
E se todos os rios não tivessem pedras
Como o mundo seria mais difícil de solar,
As plantas dos pés nem amassariam das curvas
E os galhos seriam varetas como palitos de dente.
Tudo isso seria impossivelmente imperfeito
Perfeitamente impossível de se conviver.

Se tudo fosse imperfeito
Não teríamos trabalho, sonhos ou tempestades,
Nossos céus teriam apenas azul e nuvens
Diametralmente redondas e quadradas,
Os óculos não teriam graus
As opiniões seriam empatadas e lineares
E viveríamos vazios de significados e sentimentos.

Seria tão bom que nossas imperfeições fossem perfeitamente
Imperfeitas?

Infância

Ó infância, como você foi boa comigo!
Na rua brincava de "pelada" com um amigo,
Pipa, pião e bolinha de gude, após o "grude",
Nas férias, viajava, nadava em um açude.

A inocência me cercava como um manto
Mas quando era para aprontar, não era santo.
Como era doce a infância, e quanto doce eu comia
Mal sabia que meu avô venderia um dia.

Televisão, desenhos e fantasias, quanta diversão!
Mas quando chegava a hora, tinha que fazer a lição.
Na escolinha, fazia o ditado e corria para o recreio
Como sempre agitado, dava cambalhotas sem receio.

Passaram-se os anos, os gostos mudaram de repente:
Videogame, *rock* e uma paquera irreverente.
Percebo que na adolescência, já não era inocente,
Mas mesmo nostálgico, com uma boa infância, sigo contente.

Insônia

Ontem sonhei que não tinha insônia,
Pois a areia que riscava a córnea havia sido diluída
Pelo dilúvio lacrimal que se formou até remelar.
Mas não, sonhei acordado em eterna cerimônia
Com uma passagem de ida para uma sauna sem saída
Com dois pregos nas pálpebras e um pregador no nariz,
Além dos pelos eriçados, diante da lousa riscada com giz.

Para disfarçar o silêncio de cem decibéis em um escuro cintilante,
Sonambulo em minhas ideias mais obscuras, andantes e distantes.
E quando sinto que a quietude vem visitar o meu enervante carnaval,
Ela, sucinta, sai finamente pela tangente ao ver tamanha algazarra
[disfuncional.

Acordo com um saco de cimento em cima da mente e das costas,
Passo o dia "zumbizando" como encosto na morte sem respostas.
Com duas bolsas roxas sob os olhos depois de um nocaute,
Esperando ansiosamente a minha mente dar um blecaute.

Um belo e apagado dia, resolvi focar no hoje e no agora
E curiosamente, os festejos blocos decidiram ir embora.
Sozinho, pensei em fazer novas companhias,
Logo chamei o sono para dar um passeio comigo.
Ele também trouxe sua inseparável vigília
E tão logo, passamos a ser melhores amigos,
Como uma eterna sonífera família.

Isolamento

Isolo-me no solo dos desolados,
Consolo-me em fazer carreira solo
Sem lados e alados,
Sou apóstolo de mim mesmo
A esmo, resumo os próprios textos
E converso quando estou calado.

Ídolos? Não carrego símbolos!
Não sei, acho um pouco frívolo
Ter que rebaixar a própria origem
Para tentar imitar protocolos.
A mim, faltam alvéolos a gritar por outrem,
Prefiro andar em terraplenagens de ideias.

Eu me alegro com as artes e animais,
Que me deixam fazer parte de ares frugais.
Eu me confino com eles,
Confio neles
Mas não sou só, ainda tenho amizades humanas
Sem ganas de popularidade.

Não adianta! Diante de frases evasivas
E ações invasivas
Prefiro viver como fita vedante
Distante das fitas adesivas,
Pelo menos poupo-me dos gratuitos
Curtos circuitos, sem intuitos.

O problema das fitas adesivas
É que algumas deixam marcas quando retiradas
E o removedor de egos só as deixam
Descoladamente mais coladas,
Restando apenas o vinagre de pleitos
E o óleo do respeito.

Liberte-se

Liberte-se das amarras invisíveis que lhe foram postas
Liberte-se das condições e regras que lhe foram impostas
Liberte-se da vida programada e dos degraus controlados
Liberte-se!

Liberte-se dos falsos sonhos e objetos desejados
Liberte-se das angústias e dos pensamentos flagelados
Liberte-se da sua rotina alucinada e desenfreada
Liberte-se!

Liberte-se da sua prisão interior sombreada
Liberte-se da desinformação desencontrada
Liberte-se do enquadramento social estabelecido
Liberte-se!

Liberte-se do rancor guarnecido e empobrecido
Liberte-se do seu consumo excessivo e despercebido
Liberte-se da falsa empatia em troca de fama
Liberte-se!

Liberte-se dos pesos das bolas presas à cama
Liberte-se da inútil obrigação que o chama
Liberte-se das inúmeras castas psicológicas
Liberte-se!

Liberte-se das opiniões e justificativas sem lógicas
Liberte-se de enaltecer figuras "mitológicas"
Liberte-se do comportamento estereotipado
Liberte-se!

Liberte-se do "homocose"[1] analisado e estudado
Liberte-se dos fios de marionete esgarçados
Liberte-se da meritocracia convencional
Questione!

Questione o racismo enrustido e a misoginia institucional
Questione as imagens padronizadas da caverna estrutural
Questione os dogmas e as profecias proferidas de uma boca universal
Questione!

Questione o quão difícil é questionar e se libertar
Questione se a realidade é feita para realizar
Questione se o medo do escuro não é criado pela sua sombra
Questione!

Questione se está demasiadamente demorada a sua lombra
Questione a necessidade do vício que o assombra
Questione se deve parar agora ou deve continuar lendo
Questione!

Questione se está realmente vivendo ou por dentro morrendo
Questione se o que você ama ou aprecia tem um valor estupendo
Questione se o mal pensamento é travestido de bom comportamento
Questione!

Questione se memórias e homenagens são frutos da honestidade
Questione se o lúdico que o apresenta lhe traz vulnerabilidade
Questione se você é o que é ou se é o que quer que seja
Questione!

Questione se o que você busca é o que realmente deseja
Questione se o que almeja é dado em diferentes bandejas
Questione se o bolo que come vem com uma saborosa cereja
Questione!

Questione os valores morais e éticos de outrora
Questione se isso é para amanhã ou para agora
Questione o mundo interno e o mundo afora
Questione!

[1] Homocose: palavra criada, relativa ao termo zoocose (*Zoochosis*), que é o comportamento anormal repetitivo em animais; utilizada aqui como analogia ao comportamento estereotipado em cativeiro.

Medo

Andando de quina de olho
Com o rosto do espanto
Atravesso a esquina
Rezando para esbarrar-me com um santo
Em vez do diabo.

Quando era miúdo
Tinha medo de assombrações, duendes e fantasmas.
Depois que fiquei graúdo
Passei a temer ladrões doentes com armas,
Enfim, medo é o meu carma.

Não sei, acho que herdei dos meus avós
Vivendo sós em terras de sangue e guerras
Onde precisavam sobreviver com meras sobras,
Mas satisfeitos, pois sobraram para contar a história.

Então fui ao médico de almas
Para tentar dar um jeito nesta fauna
De arrepios, batedeiras e calafrios.
Fiz uma calma sessão,
Mas saí com mais sezão do que quando entrei.

Não preciso temer o inimigo
Pois ele é um amigo primitivo.
O meu alarme só está desajustado,
Justo é trocá-lo e me apegar aos fatos.

Não preciso temer o escuro,
Não preciso temer o silêncio,
Não preciso temer o passado,
Não preciso temer o futuro.

Eu já sei que é meu soturno imaginário,
Eu já sei que não há nada no armário,
Eu já sei que posso quebrar o padrão hereditário,
Eu já sei, eu já sei, eu já sei!

Laçarei o medo e me tornarei corajoso,
Não tanto para pôr a mão no fogo
Ou ser folgado a ponto de tomar pipoco.
Prefiro ser corajoso em convidar a mais bela
Para ir ao cinema e comer pipoca,
Em ir ao circo e chorar de rir, do palhaço.
Em rir dos bufões que tentam me boicotar,
Em trancar o invisível numa cela.
Em enfrentar o medo que se tornará amarelo,
Invisível e polichinelo.

Memórias

Lembro-me como se fosse hoje,
Sim, como se fosse hoje.
Todos ansiosos para que chegassem logo
Aqueles eternos sábados preguiçosos,
Banhados de deliciosas gargalhadas
Ao tomarmos aquele sorvete na calçada
E deixando como sobremesa uma paçoquinha bem doce.

Corria para a porta ao ouvir as sogras apertarem a campainha
Trazendo suas longas línguas com as tortas e coxinhas
E a "parentada" ia chegando, tios, primos, cunhadas, e até a vizinha.
Enquanto meu pai tomava doses de conhaque preparando caipirinha
Ao bem-vindo som do Elvis e Beatles, para lhe fazer mais companhia.

E os trucos, sempre truncados com berros e cartas na testa
Mesmo sendo modesta, a minha família sabia como fazer uma festa
Sem *siesta*, a algazarra ia até tarde com a "primaiada" jogando bola
Cansados, o dia acabava em pizza e filmes alugados na hora.

E quando chegavam os domingos, dava-lhe mais parentes
Lembro dos semblantes contentes, dos dentes à mostra.
Entre entes queridos e irreverentes amigos
Sempre tinha como maiores presentes, os abraços sem resposta.

Sentado naquela mesa repleta de farturas
Aguardando o glorioso macarrão com frango assado
Quando não, eram jogos, brincadeiras e churrasco
Espero que memórias futuras se cruzem com as do passado.
Família, gostaria de demonstrar meu muito obrigado
Pois apesar de algumas rachaduras, foram ótimas as estruturas.

Móveis amores, imóveis

Achei muitos amores,
Amores para comprar, para vender
E até para alugar.

Amores grandes
Com dez mil metros quadrados,
Como um sítio para plantar e para colher.
E também alguns menores
Mas confortáveis,
Como *lofts, flats*
E até quitinetes.

Há pessoas que sempre
Tentam lucrar em cima
Dos espaços vagos,
Apoderando-se do sentimento
Como se fosse propriedade privada,
Proibindo qualquer estranho
De visitar e de se aproximar.

Outros só querem o câmbio justo,
Um valor recíproco
Pelo "apertamento" do coração,
Com um espaçamento de vizinhos,
De barulhos e doloridas multas.

Quando há muitos apartes
Ou muitos zelos à parte,
Acabam por dividir o *apart*
Sem mais férias em hotéis e motéis.

Há ainda os que doam,
Doam todos os imóveis
E se mobilizam pelos sem-teto,
Esbanjando amores
Nas esquinas dos execrados.

Das mansões aos barracos,
O que importa é um lugar para morar
Seja na casa dos pais, dos amigos
Ou mesmo sozinho,
Pois não há nada pior
Que não amar nem a si mesmo.

Navegação

Ao pôr os pés no convés da vida
Velejo pelo sete mares e quatro ares,
Pois os sais das águas curam a ferida
Com a beleza dos profundos azuis salutares.
Mesmo havendo dias de tormentas e dúvidas
Também há silêncios e calmarias singulares.

Às vezes entro no mar negro, vermelho e morto
Afoito, sinto desconforto ao dar de cara com corsários.
Mas com engenho, vejo um velho farol a quilômetros
Volto ao itinerário até chegar no Pacífico com sossego.

Mesmo com o timão travado ou desgovernado
E com a bússola quebrada ou perdida,
Eu me vejo amparado pela rosa dos ventos
Que está guardada na alma com estima,
Por vezes, deixo o vento soprar as velas
Para sentir-me arrastado para uma nova novela.

Quando fico mareado com os olhos marejados
Abraço o mastro como se fosse um dissimulado.
Mas a popa, a proa e o casco me dão sustentação
Para não jogar a âncora no abismo sem chão.

Eu embarco, velejo e navego,
Pois sou barco, veleiro e navio.
Para a saudade faço um nó cego,
Amarro no barril e acendo o pavio.

Sou o capitão, marujo e pirata
Minha viagem parece um mito,
Sem olhar para trás ou para o nada
Meu objetivo é o horizonte infinito.

Necessidades

Uma aventura para extravasar
Um abraço para acolher
Um afeto para aquecer
Uma cachoeira para refrescar.

Uma mão para estender
Um sentimento para ajudar
Um poema para alegrar
Uma mãe para entender.

Uma boca para beijar
Um amigo para sorrir
Um filme para assistir
Uma alma para amar.

Uma culpa para redimir
Um filho para cuidar
Um vaso para regar
Uma pele para sentir.

Uma cama para dormir
Um prato para comer
Um copo para beber
Uma prosa para interagir.

Uma lembrança para esquecer
Um gesto para retribuir
Um corpo para existir
Uma vida para viver!

O armário dos sentimentos

Com tantas armadilhas de momentos
Criei um armário de sentimentos,
Com prateleiras para mostrar o amor
E gavetas para guardar a dor.

Organizo cada sorriso, corada e respiração ofegante
E pulo com as lágrimas, os arrepios,
Tremores e côncavos semblantes,
Mas não pulo nenhum que mereça empoeirar
Por ser menos ilustre ou brilhante,
Pois faz parte da construção de novos sentimentos revigorantes.

Porém há compartimentos guardados a sete chaves
E outros que tranco e jogo o molho sem entraves,
Pois há alguns que atraem broncas como brocas de madeira
Já outros, traçam tudo que é sólido
E corroem até o ferro com valência.

Mas a felicidade, essa fica em cima do armário
Bem à vista, para lembrar quão difícil é ao seu dignitário.
E assim mantenho os sentimentos seguros, vívidos e organizados
Porém entro em um dilema para conservá-los cálidos.

Se os escondo dos males externos, eles se tornam pouco ávidos,
Se os escancaro para um aparente fraterno, corro risco de serem remexidos
Acabando por torná-los híbridos e bagunçados.
O que faço? Sigo a rotina ou os convido a entrar?

Pensei: "Coragem! Os sentimentos servem para se mostrar
Mas cuidado ao equilibrá-los para não tenderem para o lado errado,
Pois seria uma pena deixar o armário empenar",
Não me demorei muito, saí por aí e dei a graça do ar e do arriscar.

O arquiteto intangível

Sentado em um quarto preenchido de curvas e retas
O arquiteto das ilusões possui muitas facetas e metas.
Com turvas criações sem entradas ou saídas,
Sem subidas, caídas ou recaídas,
Apenas vigas obstruídas
Com vidas diluídas,

A obra nunca será concluída.
Pois a planta é o avesso da construção pretendida
Que germina e germina, saindo aos poucos do tapume
E fornece um trabalho salubre pelos tipos de costume.

Então o arquiteto idealizou um portal tridimensional
Sob uma marquise em arcos largos, sem marco zero
Que acessa em um surreal cômodo, feito com esmero
Cujo pé direito mais se parece com o esquerdo.
Com enxerto de parede no teto côncavo estrelado,
Alado de uma escada que leva até um topo oco
Sem um escopo definido para sinceros desencargos.

Os alicerces são feitos de vidro em litros
Para nivelar o chão não tão concreto
E aprumar metros de sonhos cilíndricos
Sem pesar qualquer pesadelo assimétrico.

O arquiteto é uma incógnita,
Talvez seja eu, você ou todos nós juntos
Tentando erguer viadutos sem interromper fluxos,
Para ligar todos os projetos e insólitas obras
Com ou sem manobras.

O estrangeiro

Sou estrangeiro,
Um forasteiro da minha terra ancestral,
Um herdeiro dos sem pátria e cultura
Aonde quer que eu vá, serei ilegal.

Vivo em subterrâneos bueiros
Debaixo dos tapumes dos costumes,
Refugiado dos mascarados hospedeiros
Com medo de ser confundido
Em um processo aduaneiro.

Há vezes que sinto ser estrangeiro de mim,
Talvez seja, não sei!
Há vezes que eu planejo um motim
Para dar um basta, para pôr um fim
E assumir o controle do meu sim.

Para sobreviver, falsifiquei minha identidade
Fingindo ser aquela pessoa da foto
Para poder cumprir meu voto
E prevenir minha própria austeridade.

Vago entre fronteiras e linhas imaginárias
Em beiras de estradas e faixas etárias,
Encontro outros iguais, em vicinais
Do nada, indo para lugar nenhum.
Somos isso, somos o zumbido, somos um
Que transita entre o comum e a esmola arbitrária,
Liberdade!

Meu trabalho como estrangeiro
É ser estranho e passageiro,
É não ter feito dos limites, meu freio.
Sou eu, sou você,
E quaisquer que sejam os meios
Somos todos estrangeiros.

O gene dual

Todo darwiniano dia, os genes amorais e imortais
Que vieram de fábrica pelos pseudoclones primitivos,
Dos quais ascenderam via perenes máculas
Por impulsos biológicos e cognitivos.
Consultam em sua biblioteca virtuosa
De milhões de anos de experiência,
Todos os livros e guias de sobrevivência.
Sobrevivência, este é o lema!
Missão, valores e visão
Mesmo que caolha ou de vidro.

Nesta fábrica que nunca para
O RH é útil para admitir e demitir os mais úteis
Promovendo infortúnios suicídios sem ataúdes,
Um sacrifício nada fútil para combater o câncer.
Já o departamento de logística constrói GPS e mapas
Para abrir alas de caças nutritivas
E desviar das valas de natimortos.
A área de segurança desenvolve camuflagem, cascos,
Alarmes, venenos e sirenes,
A área de TI programa as funções e coloca os lemes
Para que a grande máquina chamada corpo
Desperte do ronco de todos os genes.

Esta manufatura aparenta ser um tanto pão-dura,
Mesquinha e avarenta, só tem olhos para o lucro,
Quer multiplicar os frutos com o objetivo do monopólio
Ignorando o leal ou desleal, ainda sem consciência.
Amigos, amigos, à parte, negócios!
Com todo este custo de manutenção despendida via energia
É necessária uma recompensa de comidas sem iscas.
E então os combates são travados incessantemente

Entre as máquinas de proles, matilhas, alcateias,
Conglomerados, colônias e cardumes.
Afia suas presas com receio de virar presa,
Alia suas tropas em formações de ataque e defesa
E vai à luta em busca do pão de cada dia.

Na arena dos gladiadores por autoconservação
Poucos saem ilesos ou vencedores de peso.
É como se fosse um grande funil de arapucas e embustes
Onde os mais arrojados que montam cartéis e trustes,
Saem placidamente do fino bico
Estáveis, mas não muito afáveis.
Mudanças ocorrem, mutações ocorrem,
Os filamentos são trocados para os de cromos.
Todos os *backups* e cópias com milhares de bits
Sofrem progressos e regressos de resolução
E entre todo o meio, surgem alguns mitos por osmose.
Assim nasce uma complexidade metamórfica
Que permeia a evolução.

Já no chão de fábrica, os replicadores trabalham arduamente
Para que tudo esteja pronto antes de fechar contratos,
Abrirem novos buracos com canos de vida
Ou receberem outros funcionários cosmopolitas.
Os contratos têm algumas cláusulas condicionantes
De fusões, aquisições e aberturas de mais fábricas
E flexíveis no que concerne a lascívias, amores, traições ou amantes.
Depois dos períodos férteis e reproduções,
Os genes ficam gradativamente preguiçosos e mandriões
Pois se a máquina der curto circuito ou pifar
As metas já foram batidas,
As informações e instruções já foram passadas adiante
E as larvas e embriões já delinearam o semblante.

Mas atrás de todas estas fábricas de genes egoístas
Há uma essência projetada para o sacrifício
De cooperação e altruísmo
Em detrimento de um bem maior,
Dos ninhos, colmeias e edifícios.
Diante dos inimigos e desconhecidos,
Os genes se comunicam dentre seus círculos
Em critérios de importância e graus de similaridade,
De filiais e fornecedores.
É quando a genitora se joga na boca dos predadores
Para salvar todos os seus herdeiros e legatários.

Mas também há reciprocidade entre fábricas de diferentes atividades
Uma espécie de câmbio de finezas para um ganho mutualístico:
O que é praga para um, é dádiva para o outro,
O que é um problema para um, é solução para outro,
Como pássaros nas costas dos cavalos sarnentos,
Ou como contratos de aquisições de outros segmentos,
Ou até os pontos arborescentes (usuários) se alimentando
Da rede de internet fúngica provinda dos cogumelos.
Enquanto estes ceiam da seiva açucarada,
Irrigada pelas raízes amadeiradas,
O arvoredo suga a chama do fósforo para fazer a síntese da luz.
É uma linda simbiose orquestrada,
É um ciclo retroalimentativo e nutritivo da Terra.

Daí chegou o humano
Para desbancar outras marcas e bandos,
Uma fábrica com tecnologia de ponta
Com inteligência artificial e computação quântica,
Além de uma consciência muito mais ampla,
Uma maestria da complexidade.

Apesar de alguns ajustes terem ficado dicotômicos
Eles podem escolher entre firmar um eterno monopólio
Extraindo todas as reservas, estoques, trabalhos,
Deixando a maioria no ócio, sem clientes, parceiros ou fornecedores.
Ou podem frear a "evolução",
Fazendo a máquina se rebelar contra a fábrica,
Com uma consciência mais globalmente empática e aguçada
E distribuir e reciclar o principal produto: esperança.

O labirinto

Vago e divago neste labirinto escuro
Em busca de uma resposta, de uma saída.
É um caminho imaturo, prematuro e obscuro,
Curvas sem fim, bifurcações, subidas e caídas.

Por mais que o ilumine, o horizonte permanece turvo,
Quanto mais caminho, parece que mais longe fica.
A imaginação aflora, parece que vou ter um surto
Tentando entender o que isso tudo significa.

Subitamente, em uma sala de espelhos me encontro,
E enxergando-me de tantas formas e tamanhos, me desencontro.
Seria o reflexo distorcido ou eu distorcendo o reflexo?
Parece que minhas reflexões não fazem nexo.

Como uma refração óptica em água transparente,
Parece um embate emaranhado de narrativas, aparente.
Como consigo sair deste pesadelo atormentador?
Ainda no labirinto, me deparo com um longo corredor.

Portas trancadas, e abertas que não levam a lugar algum.
Seria relativismo absoluto ou absoluto relativista?
Talvez apenas sejam ideias que rasgam o senso comum,
Apesar de procurar a saída para a realidade, como um ativista.

Eu entrei aqui apenas para lhe encontrar,
Queria vê-la como uma unicidade, sem ambiguidade,
E acabei me perdendo de mim sem hesitar.
Estou perdido, onde está você, verdade? Verdade?!

O livro da tua vida

Como é prazeroso poder folhear-te,
Deliciar-me com tuas palavras
Procurando significados compatíveis,
Mesmo ainda tendo páginas rasgadas.

Vagarosamente, sem cansar as vistas
Tento revisar algumas partes
Antes que feches o livro em minha face
E fico a ver navios feitos de papel.

Tento ler-te uma página por dia,
Há horas em que a leitura se torna simples,
Calma e serena.
Há horas em que a escrita parece estar criptografada,
Ou com letras garrafais e muitos gritos exclamativos.

O livro da tua vida parece nunca ter fim
Com tuas páginas em branco,
Esperando o outro dia chegar
Para magicamente, conseguir ler as entrelinhas.

Nessas horas gostaria de ser uma caneta.
Caneta não! Melhor um lápis,
Que pudesse escrever e apagar o que me convém.
Porém, o livro não seria teu, mas meu.

Não, prefiro continuar sendo teu leitor assíduo
Para que, se um dia conseguires terminá-lo
Possas fazer alguma dedicatória a mim
Sobre um capítulo que eu tenha inspirado.

O poço dos desejos

Uma vez me perdi entre as dunas dos meus desejos,
Com as secas reservas de serotonina, fiquei sem ensejos
E por ato fortuito, encontrei um poço artesiano
Com um balde para saciar os meus mimos mais provincianos.

A alegria foi tanta que transbordei de ocitocina e tratei de manivelar,
E a cada abastecida, me satisfazia e sentia mais vontade de desejar.
Mas a sensação de completude era passageira como água entre os dedos,
E quanto mais o poço me preenchia
Mais a minha vida parecia vazia,
Mas o poço alheio, não, este permanecia no mesmo nível de placebos.

Findo o coito em sua ação,
O gosto se perdeu
E a droga já não dá "a" sensação.
Preciso de algo novo,
Uma crença ou sentimento
Para me manter vivo.

Tentei afundar mais o balde para atingir os mais profundos desejos,
Mas por conta da densidade, só alcançava os superficiais.
Até que me inclinei para forçar o balde e lá no fundo dei um beijo
E me afoguei nas contradições e desejos mais banais.

Aos últimos fôlegos sobre a subvida,
Percebi que nesse quesito a quantidade não importava
E sim o teor e o sabor para uma seleção mais qualitativa.
Permanecer no poço, mesmo me afogando,
Será minha decisão equivocada.

Pertencimento

Para que me tenho
Se nada me pertence?
Se? Só se ele me perdesse
Este ele é o todo resto.
E se me pertencesse
Seria perto do impertinente
Seria indigesto por estar no cabresto
Preso no pertencimento do meu eu
E minha ilha se separaria
Do meu próprio continente.

Que graça teria
De ter-me e ver-me em agonia
Por não ser quem gostaria?
Apenas para me ver no espelho
E saber com quem estaria lidando.

Não, não! Não desta vez.
Desta vez nada mais caberá em mim,
Não caberá para não me colocarem no cabide.
Então aceito que nada tenho,
Nem a mim mesmo, nem meus pensamentos.

Portanto não acumularei o ele,
Conduzirei minha carcaça a alguns processamentos
Até que um dia me livrarei dela
E serei completamente livre: um nada.

Queda

Queria cair para sempre,
Cair do céu sem beijar o chão.
Cair e cair em um céu infinito,
De ponta cabeça e cabeça tonta
Em uma gravidade menor
Para sentir os milímetros cúbicos
Correndo em meu dorso e rosto.

Queria cair como no sonho
Para se livrar do enfadonho,
Como fumar uma tonelada de cigarros
E fazer dos meus pulmões duas nuvens de chumbo,
Como me drogar e, ainda assim, não viajar,
Como estar em um quadro com os olhos em ti.
E então não sabes se chora ou ri
Como cada garfo levado à boca,
Cada pálpebra fechada à toa,
Cada ejaculada seca sem proa.

Queria cair sem cair, sem perceber
Até que minhas rugas sorrissem para mim,
Até que meu corpo não adormecesse na dormência,
Que formigasse no ritmo eletrizante e descompassado
Com a balada eletrônica do meu coração.
Que minha boca seque e minha pele pingue
E minhas borbulhantes gotas se resfriem
Para mais tarde sentir a chuva dela em mim.

Queria cair, apenas cair
E viver caindo eternamente,
Sem asas ou penas,
Sem baixos e cimas,
Em alta adrenalina.
Cair, apenas.

Quem sou eu – I

Quem sou eu? Sou osso, sou carne,
Sou cedo, sou agora, sou tarde,
Sou desespero, sou esperança,
Sou velho, sou adulto, sou criança.
Sou fé, energia, compaixão,
Sou desejo, fantasia e paixão,
Sou tristeza e alegria ao mesmo tempo,
Sou um conjunto de momentos,
Experiências e vivências,
Sou ações e consequências.
Sou o que dou a facada em mim
Quando o "mim" vira as costas para si.
Todos eles estão fora de si!
Sou riquezas, sou pobrezas, sou misérias,
Uma colônia de microrganismos e bactérias.
Sou amor, sou ódio, sou vida, sou morte,
Sou leste, sou oeste, sou sul, sou norte,
Sou carbono, sou medo, sou coragem,
Sou lúcido, sou claro, sou arbitragem.
Sou átomos de caos e de ordem,
Sou pó estelar, fragmentado de eras,
Sou imperfeito com perfeições, deveras.
Sou caos, sou ideia, sou harmonia,
Sou agonia, sou simpatia, sou sintonia,
Sou o contraditório no auditório da vida.
Sou alimento, sou força, sou fraqueza,
Sou gula, sou inveja, sou avareza,
Sou molde do meio e da natureza.
Sou consciência, sou bondade, sou maldade,
Sou história, sou mentira, sou verdade,
Sou tudo, sou nada, sou parte,
Sou sentimento, sou matéria, sou mundano,
Sou fruto de espécies: humano.

Quem sou eu – II

Quem sou eu? Eu?
Eu não sou ninguém.
Ninguém sempre serei,
Pois já há muitos "quems" que querem ser alguém.

Como poderia ser alguém se sou feito de poeira estelar?
Como poderia ser alguém se nem sei onde vou estar?
Embora a história tente criaturas imortalizar,
Ela é um microssegundo que será varrido do atlas universal.

É claro que sou alguém, pois existo!
Mas não sou alguém além desta existência.
Meu nome e meu retrato não serão conhecidos,
Seria mal espírito e muita prepotência.

E prefiro assim, apenas um passageiro vagante,
Embora possa ter alguma utilidade nesse breve passeio.
Aperto os freios na egolatria e no egoico devaneio
E assumo que ainda possuo presunções variantes.

Entendendo a minha insignificância perante o todo
E estou tranquilo diante disso, prefiro,
Pois sei que minha responsabilidade não é homérica.

O tolo é aquele que acha que ganhará poder de ordem lotérica,
Que entrará no *hall* dos ilustres nomes das enciclopédias,
Que será como um míssil e atingirá a estratosfera
E se sobressairá de um eclético código de ética.

Mas o míssil poderá cair na vaga periférica do oceano
E o dia em que se pensou ser soberano
Caiu por água abaixo em um escuro leviano.

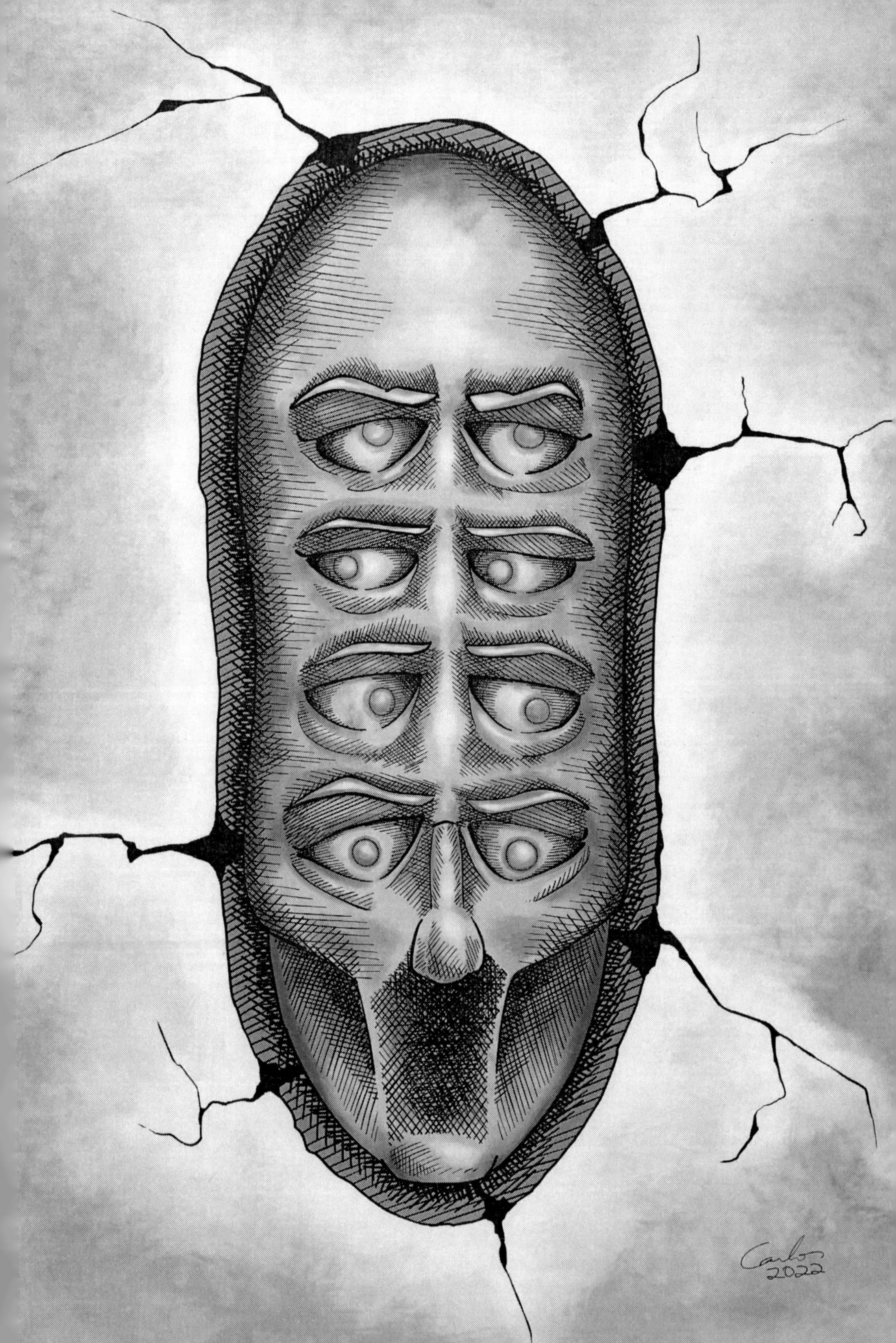

Realidades

Cinco gêmeos com cinco personalidades, trocando díspares opiniões
Formando e ajudando a formar ideias, significados e compreensões,
Conectando informações, assimilando-as em diferentes perspectivas,
Um carnaval de neurônios e conexões com propriedades cognitivas.

Organizado em arquivos, gavetas, acervos, nesta enorme biblioteca
As informações fluem, voam,
E são arremessadas como se fossem uma peteca.
E os significados se espalham, se confrontam, se fundem e se nutrem,
Se condensam em massa e se evaporam das cinzas, confundem.

Cada um com um ponto de vista,
Pois se encontram em posições diferentes,
Sentados na mesma sala, observam o objeto em ângulos adjacentes.
Criam leques de observações
Com as mais distintas definições da realidade
Repartida em oito bilhões de interpretações,
Com objetividade e subjetividade.

Vem a hipótese, a tese, a antítese e a síntese, promovendo uma dialética
[ordenada,
A epistemologia dá um empurrão,
Já o sofismo e a retórica dão uma alienada.
Descoordenadas,
As informações promovem a teoria do caos socioinformativo,
O conotativo se torna denotativo, com efeito cumulativo,
Determinando o relativismo.

Pensar, sentir, agir, sentir e pensar,
Um ciclo simbiótico ou dialelo entre vidas paralelas,
Em comunhão e combate entre indivíduos,

O coletivo sobrevive com sequelas,
Em evolução e involução permanentes que, por vezes, não se distinguem
As ideias e informações ficam, mudam, transcendem
E, por vezes, se extinguem.

“Reevolução”

Levante e avante à evolução consciente!
Pela lucidez que abrange uma mente autossuficiente
O docente e o discente são carnes da mesma gente,
Criando a incipiência do corpo resiliente, não insipiente
Que cresce e amadurece como o dissidente que bate de frente.

Entre ações e coações, criam-se percepções
Que não adianta destruir para replicar pela força,
Que colocar uma mordaça não se cala pela raça
E pelo intelecto é mais fácil popularizar as moções.

Diante de rupturas abruptas
O igual é inversamente proporcional ao livre
E o vice também versa e restringe
Até que haja um ciclo de mudanças ininterruptas.

Através de gerações de revolta por omissões,
O conhecimento é passado com as marcas dos amassos
Criando o fermento de um bolo que assa, mas consiste
E o impossível se dá conta de que é possível pelos retalhos.

E assim nasce a “revolução”, de dentro para fora,
Do micro para o macro, pois ao contrário já não é parco.
Referências mudam e as peças se encaixam,
Outrora fraco, via consciência ganha-se espiritualidade
Pelo amor, paz, simplicidade e humildade.

De grão em grão, a galinha enche o papo de sacrifícios,
Para haver o fim e o meio, é necessário um início.
E pelo progresso se faz a emoção pela razão,
De mão em mão, dadas e fechadas, há de ocorrer a real coalizão
Ou no silêncio dentre os vãos das estrofes, escrevo em vão?

Relativização do valor

Como eu queria ganhar um presente novo
Como eu queria um barraco velho
Como queria receber um abono
Como eu queria um abraço, singelo.

Daria um rim por um *iphone*
Daria a minha riqueza por uma perna
Daria olhares por silicone e nome
Daria meus mares por uma figura paterna.

Trocaria a vida eterna por vitórias e glórias
Trocaria medalhas polidas por eternidade
Trocaria meu futuro para ter memórias
Trocaria meu ouro puro pela verdade.

Viveria sem amor por glamour, luxúria e fama
Viveria sem calor por um recomeço
Viveria com dor para trazer minha dama à cama
Viveria como devedor pela amizade dos que tenho apreço.

Cortaria um braço por fogueira no *Everest*
Furaria o baço por um lago no deserto
Trairia para ter mais chuva no agreste
Mataria para ter meu filho por perto.

Trocaria amizades por um dia fora das grades
Trocaria a liberdade por anos de vida
Trocaria qualidades para acabar com enfermidades
Trocaria a sanidade por um prato de comida.

Relato de um pelado

Hoje, atravessei a rua
Nu ou nua
Para comprar cigarros,
Sem olhar para o lado,
Sem ouvir o barulho dos carros.

Chegando em uma loja de conveniência
Senti uma inconveniência com certas presenças.
Todos estavam trajados de vergonhas e pudores,
Mesmo tendo nascido pelados de valores.

Sentei-me na esquina e fumei um cigarro
Pensando no quanto havia sido domesticado,
Até que a polícia me avistou e me prendeu.
Qual erro foi meu?
Ter esquecido a minha malícia em casa.

Atrás das grades, me obrigaram a usar tecido,
Meu corpo pinicou de alergia.
Despi-me novamente
E continuei com autonomia.

Já famigerado no quadrado das penitências,
Tentavam me corrigir de maneira autoritária.
Os guardas me deram uma surra pela desobediência,
E fui enviado para a solitária, desta vez, pelado.

Cumpri toda a minha pena, pelado.
Já cansado de ser naturalista entre moralistas
Coloquei a roupa, já não tão minimalista,
Incompreendido em meu ponto de vista.

E me despeço da cidade sitiada de encantos
E na primeira árvore do campo que encontro,
Executo a minha absolvição sumária,
Tiro toda aquela roupa desnecessária,
Arbitrária.

Respostas e dúvidas

Diante do desconhecido, minha mente dá um nó.
Nas costas do que foi vivido, o que sei vira pó.
Eu sei que não sei ou não sei que sei?
Uma teoria é rechaçada quando uma hipótese vira lei.

Vivo com mais interrogações que exclamações?!?!
Por quase nada saber, talvez hajam explicações,
Tentando desvendar uma mutabilidade permanente
Para escrever em uma só linha o que é o coerente.

Talvez seja bom que saibamos de grãos e ciscos,
Talvez, se soubéssemos de tudo, seria um risco,
Viraríamos o disco, mas permaneceria o arisco rabisco.

Nem todas as perguntas servem para ser respondidas,
Nem todas as respostas servem para ser defendidas,
Pois andando pela trilha escura do conhecimento
Faltam infinitas lâmpadas para se acenderem com alento.

Até onde sei, desviamos de cacos para sairmos do lugar
E damos um passo quando uma nova começa a brilhar.
Espero que no fim, não haja um abismo sem antes tatear.

Respostas

Achei a resposta do tudo!
Apenas achei, eslava lá,
Entranhada nas raízes do absoluto,
Involucrada dos mais profundos segredos,
Alimentada pelos primórdios energéticos
Debaixo da pedra universal.

Chazós, irmão de *Amathís*, nasceu sentado na pedra.
Sofós, irmão de ninguém, compartilhava a outra polpa.
Sofós me disse que, aos poucos, jogava partículas soltas
Para a humanidade, pois a curiosidade é a chave da resposta.
Chazós, por sua vez, rasgava crostas inteiras conforme via cegas regras,
Desdém ou preguiça pela matéria, com ou sem métricas.

Perguntei: "Quem tem o labor mais árduo?"
Os dois disseram que estavam empatados,
Que um acendia a chama
E o outro a congelava.
Pois no circuito dos de lá de baixo
São dados até grandes passos,
Mas ainda haviam obstáculos que eles mesmos colocavam,
Dando voltas com a mesma sola
Até formarem trincheiras e buracos.

Disseram que também havia o percurso natural e temporal,
Que nada podia ser feito para alcançar a linha de chegada
Sem antes compreender que o tudo não foi feito do nada.
Que os ponteiros correm justamente para todos os lados
E que até poderiam ter alguns segundos de vantagem,
Mas a pressa traria calos e machucados.

Perguntei se podia bisbilhotar algumas frações do tudo
E eles me disseram que tudo tem um preço
E pode sair caro.
Então mostraram alguns endereços sem saída,
Pois se mostrassem tudo, certamente apodreceria.

Entusiasmado, mostrei para todos, partes do mapa rasgado,
Mas não foi boa ideia, deveria ter picotado.
Eu não tinha o valor para o preço
E paguei o preço doce e salgado com gosto de ferro,
Todos nós ficamos no vermelho e atrasados.

Rugas

As rugas são as minhas varizes...
Varizes da pressão de pular altos obstáculos
E tentar calá-la entupindo-me de excessos,
A gravidade me machuca.

As rugas são as minhas cicatrizes...
Cicatrizes de lutas por sobreviver a cada dia,
De tentar matar o leão e trazer o pão sem nenhum raspão,
Mas sempre há garras que rasgam a pele das costas da revelia.

As rugas são minhas estrias...
Estrias de pupilas dilatadas ao dar à luz tantos pupilos,
Pois agora são todos meus filhos,
As rugas, as estrias e as crianças.

As rugas já foram minhas fugas...
Foram as trilhas de fugas para me livrar de sanguessugas.
Tentando cobrir as fissuras com meus cílios,
Já foram as marcas de drogas e erradas alianças.

As rugas são rachaduras...
São minhas rachaduras do chão seco,
De sair para trabalhar de sol a sol sem ar fresco,
De ficar exposto por muito tempo, como um afresco.

As rugas são expressões...
Expressões de experiências, estresses e preocupações
Pelas contas, pelo ontem e pelos planos
Desembocando em sais de suores e lágrimas ressecadas.

O meu rosto fala
Mas não fala pela boca,
Não. Tampouco fala pelos olhos.
O meu rosto fala pelas rugas.

Salada

Enquanto há sementes que germinam cores e sabores
Outras germinam apenas espinhos e rancores.
Enquanto umas são adubadas com orgânicos amores,
Outras são fertilizadas quimicamente de dores por atores.

Enquanto algumas são regadas de água pura e cristalina
Outras são regadas a agrotóxicos em campos quase inférteis de pureza.
Há as que crescem com a destreza da sutil natureza ou natural sutileza,
Outras apresentam problemas crônicos e precisam de morfina.

Já crescidas, umas são doces e maduras
Outras destilam veneno e são duras.
Na mistura, formam uma salada aparentemente homogênea
E não há peneira para separar as qualidades nessa miscelânea,
Em que mudas e embriões formam novas fileiras retilíneas.

Na salada social e política as ideias se confundem com patologias,
Fica difícil confiar no agricultor que prometeu utopias e deu avarias.
Nessa orgia de colesteróis generalizados e globalizados
Fica difícil escolher os candidatos não comprados numa feira vendida.

No fim, essas policulturas são cultivadas em seleções de ordem mimética
Em que um azeite institucional é derramado para calibrar essa variação hermética
Para a síntese do Estado Moderno ser manufaturada de forma sintética.

Saudades

Saúdo-te, saudades,
Pois remete-me às variedades semblantes
E encurta a infinidade de momentos tão distantes.
Por isso sempre será muito bem-vinda para que eu te sinta sucintamente,
Mesmo que me eleve para um tranquilo estado
Ou para um asilo conturbado.

Na mesa, quando às vezes apareces de surpresa
Lembro-me dos júbilos cafés com família e jantares com amigos
E me vêm sabores doces das partilhas de pães, vinhos e figos,
Mas também elucubro o amargor da trilha do púlpito até o jazigo.

Muitas vezes, os tempos e encontros não eram preenchidos devidamente.
Corria perigos sem saber do perigo de viver um eterno presente ausente,
Deixando os entes carentes de reciprocidade e com saudades.
Tu sabes bem, saudades, e como sabes!
Junto incapacidade e estagnação de não ter uma máquina do tempo
Com o lento vento que sopra as lembranças sem fotografias,
Que ironia celebrar todos os fatos com dicotomia e com saudade.

O melhor presente seria voltar ao passado
Para trazer o passado para o presente.
Mas agora, já doente e transtornado,
Vivendo em um real asilo, me sinto como meus antepassados.

Se não posso

Se não posso comer com a boca, como com os olhos,
Pois os sabores e cheiros podem ser alcançados
Pelas minhas retinas salivadas de lágrimas.
Se não posso tocar a pele com a mão, toco com a boca,
Pois meus sensitivos lábios hidratarão o couro desgastado
E ajudarão a cicatrizar as feridas de lástimas.
Se não posso enxergar as belezas, enxergo com os ouvidos
E imagino uma diversidade de cores e texturas com os
Agudos e graves sons da natureza.
Se não posso cheirar as flores, cheiro com os dedos,
Para sentir a maciez das tuas suaves pétalas
E imaginar o cheiro do néctar polinizado em meus poros olfativos.
Se não posso sentir o coração, sinto o amor,
Que transborda dos poros, bocas, narizes, olhos e ouvidos,
Um amor que transborda da áurea aura,
Um amor que transborda das entranhas do meu ser.

Se um dia eu não estiver lá

Se um dia eu não estiver lá
Para lhe abraçar nos momentos difíceis,
Para lhe animar naquela maçante rotina,
Para lhe acordar dos pesadelos tão vívidos,
Onde estarei?

Se um dia eu não acordar por não estar tão vívido,
Por não me animar, por não ter mais libido,
Por conta do amanhã não ter me esperado,
Não será por que eu desisti da dor paulatina,
Mas será porque eu esperei muito tempo calado
Para receber um retorno cálido sem sabatina.

Deveria ter escrito uma carta a você
Para saber os motivos do porquê.
Não consegui manter as juras,
Achei que seria incondicional,
Mas ver-lhe sem forças me machuca.
E agora, também estou com fraturas,
Fui sem o seu aval.

Pedi para alguém lhe ajudar,
Ajudar com amor fraternal,
Pois esta sim tem a sabedoria
De lhe entregar um novo dia,
Novinho em folha para você desembrulhar.

O que ela receberá?
Ela não receberá valores em troca,
Pois tem uma santa engenhoca
De filtrar sua dor com muito carinho,
Sem se contaminar no meio do caminho.

Tentei tomar emprestado a tal engenhoca,
Pensei de forma esperançosa antes de partir
Em tentar expelir nossas tormentas do existir,
Guardá-las numa caixa e jogá-las no deserto.
Mas ela me disse que para obtê-la
Precisaria ter um coração aberto.

Se

Se você tivesse,
O poder na boca,
O poder dos poderes,
O poder de mudar tudo,
O ontem, hoje e amanhã,
Como mudaria?

Se você tivesse
O poder do tempo,
O poder de transformar
Tudo de "mal" em "bom",
Do real para o seu "ideal",
Como faria?

Eu não faria,
Não mudaria.
Se fosse esta bomba atômica,
Eu me implodiria,
E se mudasse para o meu paraíso
O ser não seria.
Enfim, sou minoria,
Não seria o joio do trigo
Nem o trigo da mesma farinha.

Sem sentido

Atordoa-me a falta de sentido,
Atordoa-me o excesso de sentidos, em que não há sentido,
Como se tudo não fosse nome, mas apelido.
Como se desse voltas e voltas em posições de sentido
Mas que não sinto nada, pois viro um eterno conflito.
A vida pode ser homônima, antônima e anônima
Dependo do prisma que você estima.

Não sei, talvez devesse parar por aqui,
Tirar a mão do queixo e sair fora do eixo,
Apenas viver como um humano-animal
E seguir a manada sem estrito senso sensorial,
Porque então passarei a sentir, ou fingir que sinto.
Mas pelo menos preencherei esse vazio com algo a contento,
Mesmo que não seja quase nada, nem tenha muito valor,
Mesmo que sejam invenções ou alucinações psicossociais.

Então passarei a sentir calor no frio e frio no calor.
Quem sabe eu não irei rir da dor?
Não é do meu feitio, mas pelo menos serei mais um,
Aquele um que chegará aos oitenta e alguns,
Com dois filhos e um amor,
E aos finais de semana, beberei com amigos.

Quem sabe este seja o sentido,
Um rio com direção, sem muitas pedras e quedas,
Sem muito meandros, confluências e gestos obscenos,
Que chega às margens, mas não pisa na terra.
A vida de um rio sem influentes afluentes,
Cuja a correnteza é uniforme,
Sem sentido inverso.

Um rio finito, com nascente e foz
Que desemboca no mar de nós e pós.
Talvez seja isso o que eles chamam de destino.
Mas, ainda assim, vivo surdo me agarrando no absurdo.

Sentido

Agora eu vejo!
Vejo o agora,
Embora sem íris,
Vejo o arco na aurora
Mesmo no estio sertanejo.

Agora eu sinto!
Sinto o preenchido vazio,
Outrora, tinha uma sensação inodora
Agora sinto o gosto de amora
E o doce cheiro que aflora,
E perambula pelo recinto.

Agora eu vou!
Eu vou embora
Pelo mundo afora,
Pois sei que deu a hora.
Essa metáfora só vigora
O sentir como sou.

Solidão

Eis a solidão, que de só, só fica o vão,
No âmago e no intrínseco, há uma pressão.
Estou no escuro, cercado pela multidão,
É a dor latente de uma depressão.

E na vastidão dos pensamentos, imagino,
Uma luz no final do túnel, crio.
E no balão dos maus sentimentos, encho,
Tiro para fora a granel, solto.

E reflito no conflito da dualidade interna,
Na verdade, uma multiplicidade de origem materna.
Nas paredes grossas, a claridade ainda inverna
Para contemplar, um horizonte de felicidade "eterna".

Na transição, o sol radiante começa a brotar
Mas ainda há um resquício de eclipse lunar.
Dia após dia, minha cabeça para de girar
Mesmo com dúvidas, "elipse" do sanar.

Dentre a química interna e externa, há reação,
Juntos com atitude e pensamento, há combustão.
Nesta condição cíclica da vida, há solução
E nos problemas da complicação contemporânea, aspiração.

Sem frustração, sem abstração, com respiração, anuncio,
Mesmo com o relativismo do ego, um futuro vivencio.
E mesmo quando voltam os eclipses, os silencio
E na chegada da primavera, com alegria, presencio.

Sonho I

Hoje sonhei com um bosque de flores,
Pessoas celebrando o amor, sem pudores,
Sentindo nos abraços e afetos, calores,
Naquele momento entendi: são pacificadores.

Não eram frutos de mentes perturbadas,
Não eram carentes de glórias exacerbadas,
Sem controle de culturas carimbadas,
Mas eram fontes de atitudes ilibadas.

Atravessei os campos, e encontrei outros povos,
De todas etnias, de todas as formas, abertos aos novos,
Sem restrições de fronteiras, sem a atenção dos corvos,
Destituídos de imperfeições, no frigir dos ovos.

Então fez-se um lindo círculo de paz e fraternidade
Repleto de crianças, adultos, idosos, e toda mocidade.
Com toda essa diversidade, todos buscavam reciprocidade,
Uma verdadeira comunidade, sem promiscuidade.

Comecei a duvidar, o mundo havia mudado?
Todos em união sem a presença de um Estado.
Escambo era a moeda, sem pensamento abastado,
De repente, de um ímpeto, acordei assustado.

Reflito na cama, o que acabara de sonhar,
Em um mundo ideal, o que teria para dar?
Na mente, de repente, começo a me envergonhar,
Como quero receber, se só quero conquistar?

Tempo

Tempo, um mecanismo fictício de caráter biológico e psicológico
Uma invenção para buscar em nossas vidas curtas um sentido lógico?
Para buscar sincronismo vitalício aos fatos de um modo cronológico
Talvez seja a solução para nos engajarmos ao começo antológico
Determinar um início e um fim de uma estrutura universal
Protagonismo do solstício e equinócio espacial
Podemos ver a aurora boreal?
Será que é real?
Surreal
Transcendental
Será que configura analogia?
Há um possível anacronismo na fenomenologia
Tentando, buscamos um sentido na matéria, espaço, energia
Com os tempos linear e cíclico, se entranham em uma tal sinergia
E para uns, o tempo voa como a luz, para outros, uma inerte letargia
O que importa é viver como se fosse o último segundo, *Carpe Diem*!
Para que no fim, não subestime o tempo e termine em réquiem.

Troca

A vida
Nunca foi boa comigo.
Por que eu seria bom com ela?
O que ela quer de mim,
Se não tenho nada a oferecer?

Talvez
Seja por isso
Que ela quer algo de mim,
Como uma retribuição,
Uma palavra ou um gesto.
Assim,
As vidas ajudariam a minha.

Senão, seria oca e tosca.
Acho que mudarei as soladas,
Mesmo ela dando rasteiras
E fisgadas.

Talvez ela queira que eu seja inovador,
Que crie algo.
Não sei bem que nome dar,
Assim, talvez a vida seja boa comigo.

Vidas

Vida dentro de vida
Parasitando a vida
Que abriga a vida
Dentro da vida
Que dá vidas
Que se alimenta de vida
Para ter vida
Ou que sugam vidas
Para ter uma sobrevida.

Há adaptação da vida
Que cuida de outras vidas
Ou não há mudança de vida.
Vidas controlam vidas
E colonizam à custa de vidas
Para proliferar mais vida.

E assim, usufruem o máximo de vidas
Para progredir na vida,
Mas quando cessarem outras formas de vida
Acabará esta singular vida,
A maior parasitária das vidas
Para fechar o ciclo da morte.

•

Enigmático e paradoxal
Repentinamente altera seu comportamento
Parece mágico, nada frugal
No momento em que as retinas secam ao deparar com imprevisível
Os fatos confusos dependem de quem os observa
Imperceptível, quase invisível
Desacata até a Minerva
Ao alterar percepções de uma realidade não objetiva
Surfando em ondas de probabilidades
Como fundamento necessário para a existência física
Onde tudo muda, nada fica
Tenta-se quantificar comportamentos
Que partem críticas de nanopartículas sintetizadas
Sem graus de pureza, permanece instável
É amigo e inimigo das certezas
Onde não existem os nadas
Mas nada é absolutamente palpável
Em um universo que dá saltos de naturezas
Átomo, energia!

pólen bold 90 gr/m2
tipologia garamond
impresso no inverno de 2023